CUENTOS CON DINOSAURIOS FELICES

1

Hernán Galdames

Cuentos con dinosaurios felices 1
Primera edición - Septiembre 2022
Copyright © 2022 Hernán Galdames
ISBN:9798354538041

https://galdameshernan.wixsite.com/misitio

Cuello largo, cuello corto

Un Mamenchisaurus andaba por el valle de los dinosaurios comiendo hojas de los árboles cuando se topó con una pequeña rana que estaba sobre una rama:

—Hola, cuello largo, ¿qué estás haciendo en mi árbol? —le dijo la rana.

—Nada, estoy comiendo algunas hojas, ¿te molesta?

—No, no, yo no como hojas, cazo insectos. Dime una cosa: ¿por qué tienes un cuello tan largo?

—¿Qué, tengo el cuello largo? —dijo el Mamenchisaurus, sorprendido.

—Es que no te has dado cuenta. Mira el largo de tu cuello en comparación con el mío.

—Es verdad, tu cuello es muy corto. ¿Y por qué tienes el cuello tan corto?

—No, yo pregunté primero: ¿por qué tienes un cuello tan, pero tan largo?

—Y... No sé. Para poder estirarlo así, supongo.

—Esa no es una causa, es una consecuencia —dijo la rana.

—¿Será para poder comer las hojas más altas de los árboles?

—Podrías trepar como hago yo y no tener un cuello tan largo.

—Es verdad. Y tú, ¿por qué tienes el cuello tan corto?

—Porque es normal tener el cuello de esta medida.

—Normal, ¿dices? Yo he visto muchos dinosaurios con el cuello tan largo como el mío.

—Y yo he visto a muchos con el cuello aún más corto que el mío.

—Mira aquel dinosaurio, tiene placas sobre el lomo. Y aquel otro, tiene una gola enorme y montones de cuernos. O el de allá: con esa cresta sobre la cabeza. Y el que está en aquel árbol, tiene alas y puede volar. O ese otro: es puro caparazón. ¿Cuál de todos esos es normal? —preguntó el Mamenchisaurus.

—Creo que me cansé de este árbol. Come todas las hojas que quieras, que yo me voy a buscar otro —dijo la rana y desapareció.

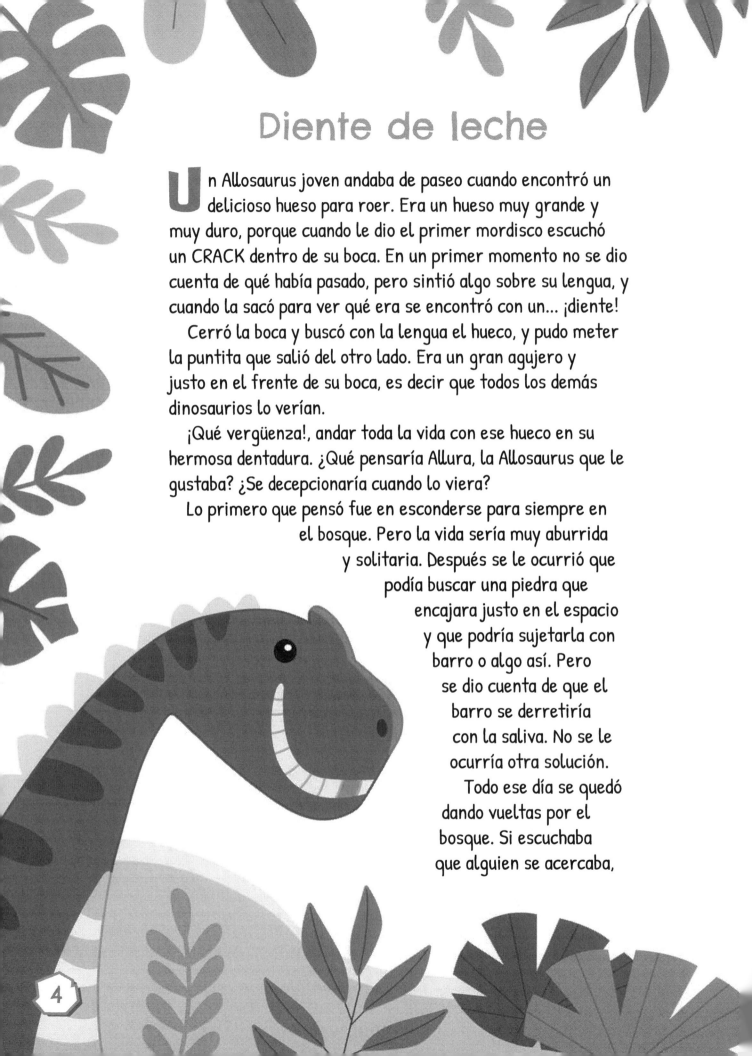

Diente de leche

Un Allosaurus joven andaba de paseo cuando encontró un delicioso hueso para roer. Era un hueso muy grande y muy duro, porque cuando le dio el primer mordisco escuchó un CRACK dentro de su boca. En un primer momento no se dio cuenta de qué había pasado, pero sintió algo sobre su lengua, y cuando la sacó para ver qué era se encontró con un... ¡diente!

Cerró la boca y buscó con la lengua el hueco, y pudo meter la puntita que salió del otro lado. Era un gran agujero y justo en el frente de su boca, es decir que todos los demás dinosaurios lo verían.

¡Qué vergüenza!, andar toda la vida con ese hueco en su hermosa dentadura. ¿Qué pensaría Allura, la Allosaurus que le gustaba? ¿Se decepcionaría cuando lo viera?

Lo primero que pensó fue en esconderse para siempre en el bosque. Pero la vida sería muy aburrida y solitaria. Después se le ocurrió que podía buscar una piedra que encajara justo en el espacio y que podría sujetarla con barro o algo así. Pero se dio cuenta de que el barro se derretiría con la saliva. No se le ocurría otra solución.

Todo ese día se quedó dando vueltas por el bosque. Si escuchaba que alguien se acercaba, caminaba en silencio para el otro lado.

Cuando ya casi se hacía de noche, escuchó unos pasos cerca de él. Se escondió detrás de un árbol, pero como era tan grande, no fue un muy buen escondite.

—¿Allus, eres tú? -dijo una voz conocida.

Era la voz de Allura, que se había internado en el bosque para buscarlo.

—Sí, soy yo. Pero no te acerques.

—¿Por qué? ¿Qué pasa? ¿Estas herido? ¿Te enfermaste?

—No, no, estoy bien.

—Vine a buscarte al bosque para contarte algo importante: ¡Se me cayó mi primer diente! Mira qué agujero me ha quedado -dijo Allura risueña—. ¿No es divertido? Puedo asomar la puntita de la lengua por él. Menos mal que en poco tiempo me crecerá uno nuevo.

—¿De verdad te volverá a crecer? -preguntó Allus.

—Claro que sí, a todos se nos caen los dientes y nos vuelven a crecer, ¿no lo sabías?

Entonces Allus, aliviado, decidió salir de su escondite y caminó hacia ella con una gran sonrisa donde destacaba la puntita de su lengua asomando por el gran hueco que había entre sus dientes.

—¿Por eso te escondías?

—¡Ja, ja, ja, ja, ja! -rieron los dos.

El descubrimiento de Li

La pequeña Parasaurolophus estaba muy intrigada:

—Mamá, ¿por qué tenemos esta cresta tan loca en la cabeza?

La mamá, que estaba muy ocupada buscando raíces tiernas con su pico, le respondió:

—Ya te vas a enterar, hijita.

—Dale, decime, mamá.

—Después te explico, ahora no puedo. ¡Mira quiénes están ahí! ¿Por qué no vas un rato a jugar con ellas?

Eran Tini y Luz, sus mejores amigas.

—Hola, Li, ¿vienes a explorar el bosque con nosotras?

—Sí, pero no podemos alejarnos mucho, mamá no me deja.

—No te preocupes, haremos una miniexploración.

Las tres amigas se metieron dentro del bosque de coníferas tratando de no hacer un solo ruido. Ellas sabían que por allí merodeaban los depredadores y lo último que querían era encontrarse con uno de ellos.

Luz descubrió un árbol caído debajo del cual crecían unos hongos que parecían deliciosos.

—Son comestibles —dijo Luz—, papá me enseñó que los podemos comer.

De pronto, escucharon un ruido, ramas que se quebraban, hojas secas que crujían.

—Debe ser un depredador. ¡Corramos! —gritó Tini.

Li corrió desesperada esquivando raíces, ramas y piedras. Cuando sintió que se había alejado lo suficiente, se detuvo a respirar y se dio cuenta de que sus amigas no estaban junto a ella. Deseaba gritar para llamarlas, pero sabía que el depredador también la escucharía. Así que se quedó en silencio escondida.

Se empezó a hacer de noche. Temblaba de miedo. No solo estaba sola, sino que también estaba perdida. No tenía idea de hacia dónde debía caminar para volver a su casa.

De repente escuchó un sonido muy grave y profundo. Enseguida se dio cuenta de que era el llamado de su madre. Sin siquiera pensarlo, sopló con su nariz, pero no hacia afuera sino hacia adentro, y su loca cresta vibró y emitió un sonido profundo, aunque no tan grave como el de su madre. A los pocos minutos escuchó pasos y ramas que se movían: era su mamá que venía a buscarla.

—Ahora ya sabes para qué sirve nuestra loca cresta, ¿verdad? —dijo su madre risueña.

—¡Sí, es genial!

—Y esa es solo una de sus muchas funciones. Ya irás descubriendo las demás.

Un Triceratops curioso

El pequeño Triceratops se acercó a su madre y le preguntó:

—Mamá, ¿por qué tengo estos tres cuernos horribles en la cara y los otros dinosaurios no?

—Es algo de familia. Mírame a mí, o a tu padre, o al tío, ves que todos tenemos cuernos.

—¿Y por qué ustedes tienen cuernos?

—Es porque somos Triceratops. Todos los Triceratops tenemos estos cuernos.

—¿Y por qué yo también los tengo?

—Porque tú también eres un Triceratops.

—¿Y por qué yo soy un Triceratops?

—Porque cuando mamá y papá son triceratops, los hijos también lo son.

—¿Y por qué tú y papá son Triceratops?

—Porque el abuelo y la abuela también son Triceratops.

—¿Cuáles?

—¿Cómo cuáles?

—¿Tus papás o los papás de papá?

—¡Ah! Todos. Los cuatro.

—Entonces, mis hijos, ¿también van a tener estos cuernos tan feos?

—Sí, mi amor, el día que seas papá y

tengas un hijo, él también va a tener estos cuernos. Y ya te dije que no son feos.

—¿Y si en vez de casarme con una Triceratops me caso con una Iguanodón?

—Eso no es posible, las Triceratops solo se casan con Triceratops.

—Y si yo quiero casarme con una Iguanodón.

—Todavía eres muy chico para entenderlo, pero a las Iguanodones solo le interesan los Iguanodones, y lo mismo pasa con las Triceratops y los Triceratops.

—¿Nunca pensaste en casarte con un Diplodocus, mamá?

—No hijo.

—¿Y con un Pachycephalosaurus?

—Jamás. Del único que me enamoré fue de tu padre.

—¿Cómo pudiste enamorarte de alguien con unos cuernos tan feos?

—Ya te dije que no son feos. Tú también tienes los mismos tres cuernos y mira qué lindo eres.

—¿Y por qué tengo estos cuernos horribles en la cara y los demás dinosaurios no?

—Hijito, ¿por qué mejor no vas al valle a jugar un rato? ¿Sí?

El cuento preferido

El Velociraptor corría por todo el valle anunciando:

—¡Vengan, vengan, que el anciano Herrerasaurus está por narrar otro de sus cuentos!

Todos los jóvenes dinosaurios corrieron hacia la Colina del sol, que era el lugar favorito del viejo Herrerasaurus para sentarse a mirar el atardecer y, cuando sentía ganas, solo cuando sentía ganas, contar largas y entretenidas historias.

Ese día se habían juntado muchos dinosaurios a su alrededor. Todos estaban ansiosos por escucharlo narrar.

—Cuéntanos ese en que un pequeño Alvarezsaurus era perseguido por un enorme Carnotaurus y justo cuando estaba por alcanzarlo lo salvó un Tupandáctulus que se lo llevó volando —dijo el Ampelosaurus.

—Sí, y que cuando llegaron al nido que tenía en la montaña, resultó que lo había rescatado nada más que para dárselo de comer a sus pichones —agregó el Beipiaosaurus.

—Y que la única forma de escapar de allí era volando, así que sin pensarlo mucho se tiró de cabeza al abismo y no se estrelló contra el piso porque justo pasaba un enorme Quetzalcoatlus y cayó sobre él —dijo el Diabloceratops.

—Sí, me encanta esa historia —interrumpió el Aucasaurus—, porque cuando el Quetzalcoatlus se da cuenta de que lleva algo en el lomo, se sacude y el pobre Alvarezsaurus cae hacia el mar con la mala suerte de que justo pasaba por ahí un

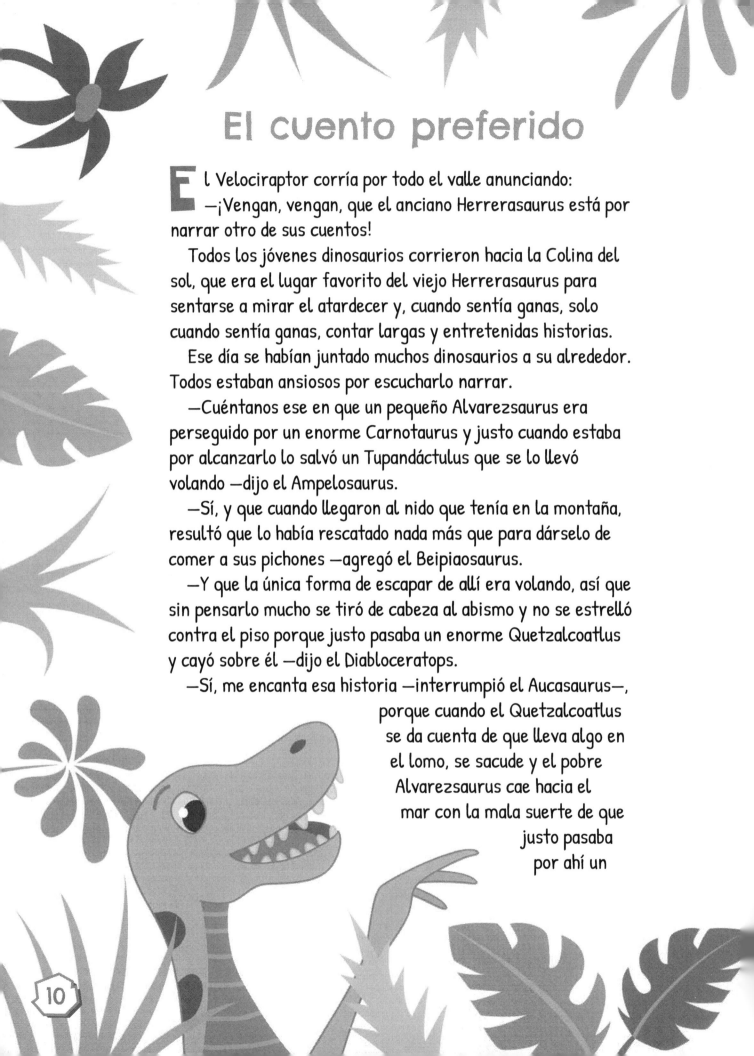

gigantesco Mosasaurus que se le dio por abrir su bocaza en el momento en que caía el Alvarezsaurus y se lo tragó.

—¡Ja, ja! ¡Qué risa me da esa parte! Cuando se da cuenta de que está adentro de un Mosasaurus y no sabe qué hacer. —Sí, por favor, cuéntanos esa historia.

—A mí me gusta el final —dijo el Triceratops—, cuando le rasca la panza por dentro y el enorme Mosasaurus no aguanta las cosquillas y da un brutal estornudo y el pobre Alvarezsaurus sale disparado y cae de nuevo en tierra, muy cerca de su casa.

—Esperen, esperen —interrumpió el anciano Herrerasaurus—, ¿para qué les voy a contar esa historia si ustedes acaban de contarla?

Todos los dinos se miraron y se empezaron a morir de la risa, y el pequeño Dromaeosaurus levantó su manito y dijo:

—Es que nos gusta que tú nos la cuentes.

—ja, ja —rio amablemente el Herrerasaurus—, está bien, está bien, se las contaré:

Hace mucho tiempo, en una tierra ignota, un pequeño Alvarezsaurus era perseguido por un enorme Carnotaurus y justo que estaba por alcanzarlo...

El Tyrannosaurus peleador

Una mañana, un Tyrannosaurus rex, grandote y musculoso como todos los de su especie, se levantó con ganas de pelear. Salió a la pradera y buscó algún dino de más o menos su tamaño. "Mejor menos que más", pensó, y miró a su alrededor hasta que encontró un Triceratops pastando tranquilamente.

—¡Ey, Triceratops! –le dijo—, así que quieres pelear.

El Triceratops lo miró con cara de no entender nada y por las dudas salió corriendo.

—¡Je! –dijo el T-rex—. ¡Soy el más fuerte de este valle!

Pero de repente escuchó un gruñido y vio a un gigantesco Giganotosaurio que venía a toda carrera.

"¿Y a este qué le pasa?", pensó.

El Giganotosaurus, que era mucho más grande y fuerte que él, se le plantó enfrente y le dijo:

—Así que tienes ganas de pelear, ¿por qué no lo haces conmigo? El Tyrannosaurus observó el tamaño de sus colmillos, la magnitud de su mandíbula,

la fuerza de sus brazos, el largo de sus garras y no lo pensó mucho: salió corriendo de inmediato.

—¡Ja—ja! —se rio el Giganotosaurus—, nadie puede contra mí.

Pero de pronto se escuchó ruido a ramas que se quebraban, árboles que caían, la tierra empezó a temblar y apareció un supergigante dinosaurio con garras, colmillos, púas, pinches y cosas puntiagudas por todos lados (no me pregunten su nombre, porque es un dinosaurio que todavía no se ha descubierto.)

—Con que tienes ganas de pelear; yo también.

En menos de un segundo, el Giganotosaurus había huido a toda carrera.

—¡Ja! -dijo el súper-tremendo-dinosaurio—. ¡Nadie puede contra mí! ¡Soy el rey de esta tierra!

Pero de repente se escuchó una explosión en el cielo y un largo silbido. Miró hacia arriba para ver qué era y vio una bola de fuego gigantesca, con una larga cola brillante que volaba directamente hacia él.

El gran día

Cuando los primeros rayos de sol entraron a la cueva, Hermes abrió los ojos y se acordó de que era el gran día. Así que los volvió a cerrar y se cubrió hasta la nariz con una de sus alas.

Al ratito se acercó su madre y le dijo:

—Hermito, hora de levantarse. Hoy es el gran día.

Él ni se movió, se hizo el dormido y apretó fuerte los ojos.

—Vamos Hermes, no me hagas enojar. Tu padre ya te está esperando afuera.

Hermito no tuvo más remedio que levantarse.

—¿Y si lo dejamos para mañana, mamá? Hoy está medio feo.

Mamá hizo como que no lo escuchó.

Hermes, sin nada de ganas, caminó despacio, arrastrando las alas, hasta la puerta de la cueva. El sol brillaba en el horizonte y todo el valle de los dinosaurios estaba despertando. Papá Pterodáctilo esperaba al borde del acantilado, desde donde se dominaba todo el valle.

—Anoche no dormí bien, papá, creo que mejor lo dejamos para mañana.

—¡Hermes!

El pequeño Pterodáctilo sabía que cuando papá decía ¡Hermes! estaba todo dicho, así que, resignado, se acercó al borde del precipicio y extendió sus alas e hizo algunos aleteos.

—Ya sabes, solo debes abrir las alas y posicionarlas en la forma correcta para poder volar.

—Es que la última vez que lo practicamos saltando desde una piedra bajita, terminé con el pico clavado en la tierra.

—¡Vamos, es ahora o nunca! —le gritó el padre a la par que le dio un empujón.

El pequeño Hermes se encontró, de pronto, en el aire, cayendo como una bolsa de papas. Abajo, los árboles que cubrían el valle, se veían muy chiquitos.

—¡Abre las alas, hijo! —gritó el papá preocupado.

Entonces Hermes abrió bien grande las alas y de a poco, se fue estabilizando y empezó a volar.

—¡Bien hecho, Hijo, así se hace! —gritó su padre emocionado.

Hermes se dio vuelta para saludarlo y se olvidó por un momento de estirar las alas y perdió el control por un segundo.

—¡Cuidado, Hijito! —gritó la madre, que había salido a ver cómo le había ido.

Hermes dio un gran giro, y pasó rasando sobre sus cabezas. ¡Qué feliz se sentía! Miró hacia abajo y vio a otros Pterodáctilos amigos que también estaban haciendo su vuelo de bautismo. No lo dudó, se lanzó en picada hacia ellos y, todos juntos, se alejaron dando volteretas y riendo de alegría.

Corre, Alina, corre

Alina era una Velociraptor a la que le gustaba mucho correr. Con sus amigos solían organizar carreras que no siempre terminaban bien. Muy a menudo, alguno tropezaba con una piedra y caía desparramado por el piso y se ganaba unos cuantos moretones.

La mamá de Alina siempre le decía que jugaran a otra cosa, que un día alguien iba a salir realmente lastimado. Pero Alina le decía que no, que no pasaba nada y no le hacía el menor caso.

Una tarde, durante una de esas competencias, un Velociraptor le dio un empujón a Alina en una curva y Alina rodó por el piso y se hizo varios raspones.

A la noche, cuando mamá lo descubrió le dijo:

—¡Se acabaron las carreras. Hoy fueron unos simples raspones, pero mañana te puede pasar algo peor!

Alina le dijo que no volvería a correr. Pero al otro día, como si nada hubiera pasado, ya estaba compitiendo de nuevo a toda velocidad.

Hasta que una tarde, Alina tropezó con una piedra y salió disparada hacia el acantilado. Cayó unos cuantos metros por la barranca y, cuando dejó de rodar, sintió un terrible dolor en la rodilla y vio que tenía un corte del que brotaba mucha sangre.

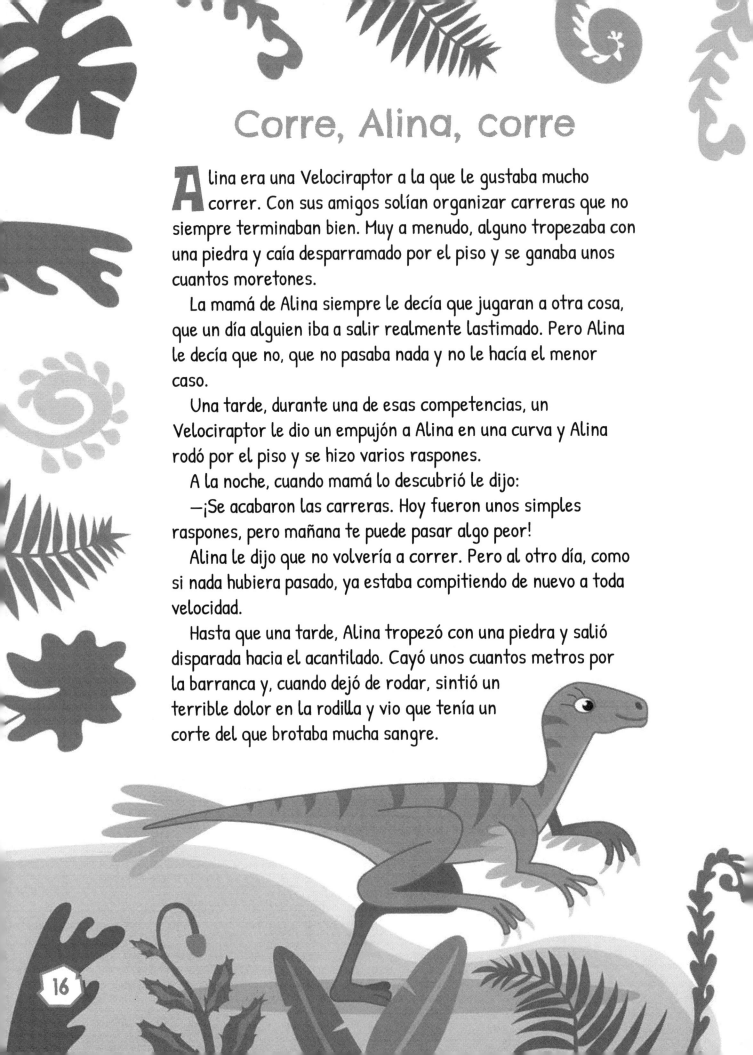

Despacito llegó a su casa, pero no se animó a entrar a contarle a su madre. Se acurrucó entre unos arbustos y se quedó ahí, muy asustada.

Cuando se hizo de noche, no aguantó más y prefirió enfrentar el reto a seguir sufriendo sola.

—Alina, querida, ¿qué te pasó? — dijo su madre.

Alina estaba pálida porque había perdido mucha sangre.

La madre le limpió la herida con su lengua y detuvo la hemorragia. Después le dio unos huevos para comer y le dijo que se acostara junto a ella para descansar y recuperarse.

Al día siguiente, Alina despertó de muy buen humor.

—Gracias, mamá por no haberte enojado. Tenías razón cuando me dijiste que mis carreras iban a terminar mal. Me equivoqué al no haberte hecho caso.

—La que se equivocó fui yo: si es algo que te gusta tanto, en lugar de prohibírtelo tendría que haber buscado la manera de que no sea tan peligroso. Se me ocurre que podríamos quitar todas las piedras del camino, para que nadie tropiece y poner ciertas reglas, como no empujarse y esas cosas. ¿Qué opinas?

—¡Genial, mamá! Ya mismo le cuento a mis amigos.

Engañador engañado

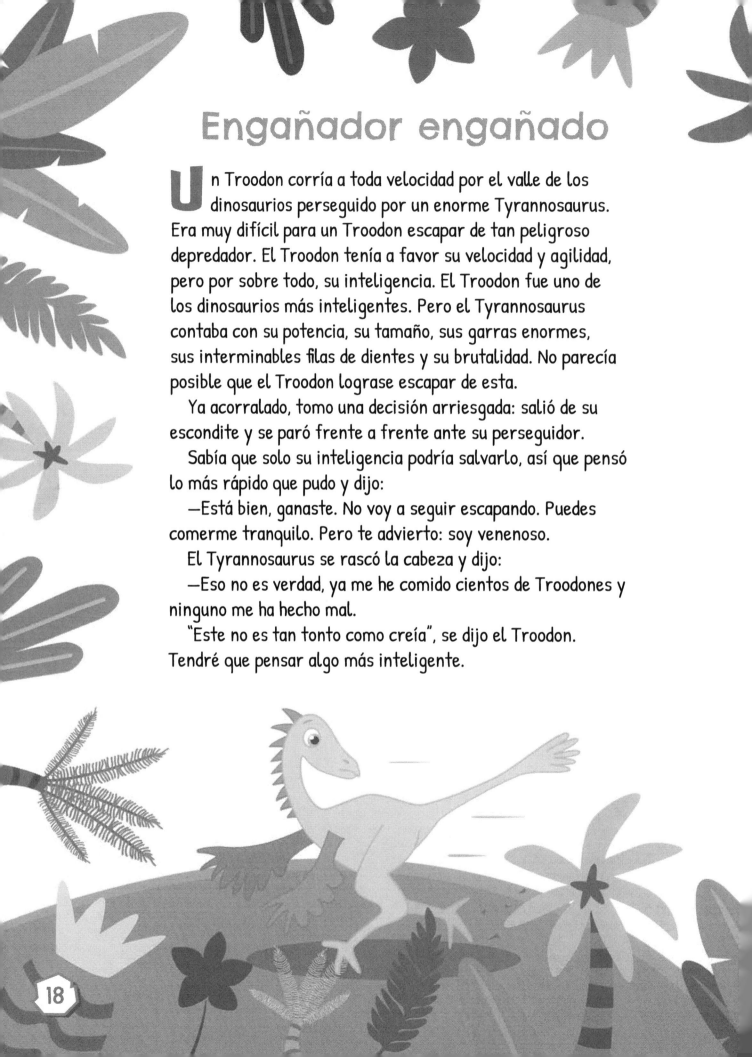

Un Troodon corría a toda velocidad por el valle de los dinosaurios perseguido por un enorme Tyrannosaurus. Era muy difícil para un Troodon escapar de tan peligroso depredador. El Troodon tenía a favor su velocidad y agilidad, pero por sobre todo, su inteligencia. El Troodon fue uno de los dinosaurios más inteligentes. Pero el Tyrannosaurus contaba con su potencia, su tamaño, sus garras enormes, sus interminables filas de dientes y su brutalidad. No parecía posible que el Troodon lograse escapar de esta.

Ya acorralado, tomo una decisión arriesgada: salió de su escondite y se paró frente a frente ante su perseguidor.

Sabía que solo su inteligencia podría salvarlo, así que pensó lo más rápido que pudo y dijo:

—Está bien, ganaste. No voy a seguir escapando. Puedes comerme tranquilo. Pero te advierto: soy venenoso.

El Tyrannosaurus se rascó la cabeza y dijo:

—Eso no es verdad, ya me he comido cientos de Troodones y ninguno me ha hecho mal.

"Este no es tan tonto como creía", se dijo el Troodon. Tendré que pensar algo más inteligente.

—Tal vez tú seas inmune a nuestro veneno, pero tienes que saber que nuestro sabor es asqueroso.

—No estoy de acuerdo, todos los Troodones que he comido me resultaron muy apetitosos.

"Tampoco se lo tragó", volvió a pensar el Troodon. "Piensa, cerebrito, piensa".

—Bueno, en realidad no quería que me comieras porque soy solo un bocadito para ti, podrías cazar dinosaurios mucho más grandes. ¡Como ese que ahora está justo detrás de ti!

—Me parece que eres un mentiroso —dijo el T-rex.

—Bueno, no me creas, pero ya se está por ir. ¡Mira el tamaño de ese animal!

El Tyrannosaurus, al fin, se dio vuelta para mirar.

El Troodon, sin perder un segundo, salió corriendo hacia el bosque y logró huir.

Cuando el Tyrannosaurus giró hacia donde había estado el Troodon, se empezó a reír mientras pensaba: "¡Ja, ja! El muy tonto debe estar pensando que me engañó con eso de la enorme presa que estaba a mis espaldas, cuando en realidad lo dejé ir por las dudas de que realmente fuese venenoso. ¡Ja, ja! Cómo me creyó cuando le dije que había comido cientos de Troodones."

Un paseo inoportuno

La pareja de Gigantoraptores se turnaba para empollar su único huevo. Mientras uno cuidaba de él, el otro salía a buscar alimento. Al que le tocaba empollar, se sentaba en el nido y envolvía al huevo con las plumas de sus brazos para que se mantuviera calentito.

Un día, papá Gigantoraptor volvió al nido con la panza vacía porque un Albertosaurus lo había corrido con intención de comérselo y no había tenido tiempo de encontrar algún vegetal fresco o algo de carne.

—Y bueno, lo harás en tu próximo turno —dijo su pareja que corrió a alimentarse.

Al cabo de algunos minutos, la panza de papá Gigantoraptor empezó a hacer ruidos y no podía dejar de imaginar unos ricos helechos bien tiernos o algún resto de carne que seguro encontraría por ahí cerca.

No aguantó más y tomó la decisión. Acomodó al huevo entre unos pastos secos y salió a dar un corto paseo en busca de comida. Se prometió no demorarse mucho. Ni bien encontrara algunas hojas tiernas, volvería.

Después de caminar un rato, halló, por fin, un gran helecho bien carnoso que arrancó con su pico y se lo comió en un periquete.

Volvió corriendo al nido y, al llegar, ¡oh sorpresa!: el huevo estaba hecho pedazos y ni rastros del pichón recién nacido.

Qué angustia gigante la del Gigantoraptor. Durante los pocos minutos que estuvo fuera, algún depredador había encontrado el nido y se había comido a su pichón. ¡¿Qué iba a decirle a su pareja?! Había sido un irresponsable.

Lo primero en que pensó fue en unir los pedacitos de cáscara de huevo con resina de pino y hacer como que nunca se había movido del lugar. Pero tarde o temprano se sabría la verdad y no estaría bueno.

Luego pensó en escapar; pero su pareja creería que él se habría robado a su pichón y eso tampoco estaría bueno.

La única opción era decir la verdad y aguantarse.

Cuando llegó la Gigantoraptor, él se paró frente al nido y se preparó para confesar. Pero de repente vio la cara de felicidad de su pareja, que caminaba decidido hacia él abriendo los brazos.

—¡Ha nacido nuestro pichón! ¡Qué alegría! Se ve que lo has cuidado bien. —Y pasó junto a él con los brazos abiertos y abrazó al pichón que estaba parado sobre una piedra a espaldas de papá.

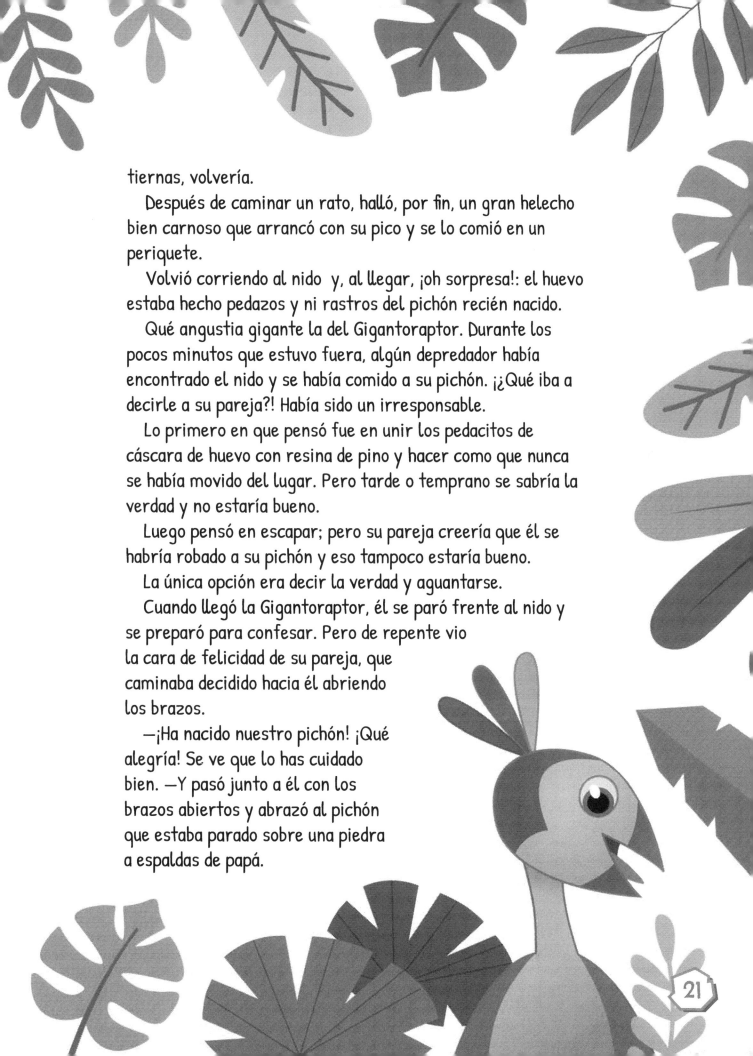

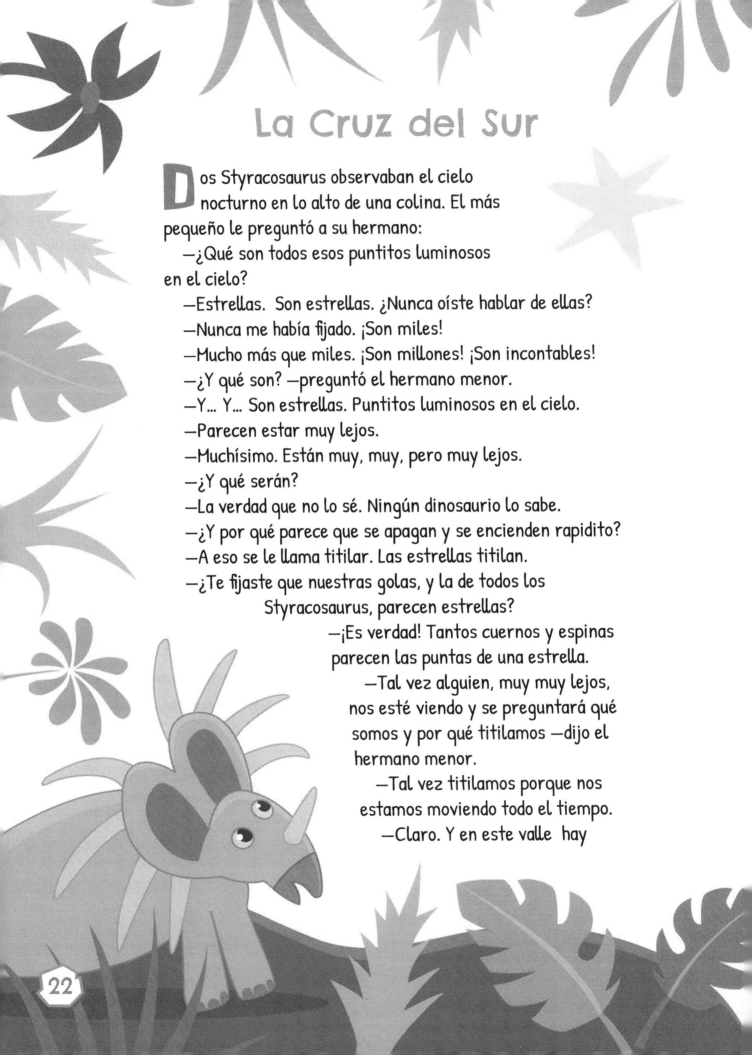

La Cruz del Sur

Dos Styracosaurus observaban el cielo nocturno en lo alto de una colina. El más pequeño le preguntó a su hermano:

—¿Qué son todos esos puntitos luminosos en el cielo?

—Estrellas. Son estrellas. ¿Nunca oíste hablar de ellas?

—Nunca me había fijado. ¡Son miles!

—Mucho más que miles. ¡Son millones! ¡Son incontables!

—¿Y qué son? —preguntó el hermano menor.

—Y... Y... Son estrellas. Puntitos luminosos en el cielo.

—Parecen estar muy lejos.

—Muchísimo. Están muy, muy, pero muy lejos.

—¿Y qué serán?

—La verdad que no lo sé. Ningún dinosaurio lo sabe.

—¿Y por qué parece que se apagan y se encienden rapidito?

—A eso se le llama titilar. Las estrellas titilan.

—¿Te fijaste que nuestras golas, y la de todos los Styracosaurus, parecen estrellas?

—¡Es verdad! Tantos cuernos y espinas parecen las puntas de una estrella.

—Tal vez alguien, muy muy lejos, nos esté viendo y se preguntará qué somos y por qué titilamos —dijo el hermano menor.

—Tal vez titilamos porque nos estamos moviendo todo el tiempo.

—Claro. Y en este valle hay

muchos Styracosaurus,

miles, millones, tantos como estrellas.

—¿Y las estrellas fugaces?

—Serán Styracosaurus como Víctor, que un día se fue y se perdió en el bosque.

—Mira esas tres estrellas juntas.

—¡Llámalo a Joby!

—Joby, ven aquí.

—Párate tú aquí, tu aquí al lado y yo junto a ti.

—¡Ja, ja! Ahora el observador lejano debe estar viendo tres estrellas en línea.

—Me pueden decir qué les pasa —dijo Joby extrañado.

—¡Es que somos estrellas!

—Por favor, Joby, corre bien rápido hacia allá y escóndete entre los árboles del bosque.

—¡Ja, ja! ¡Ahí va nuestra estrella fugaz!

—Ustedes serán estrellas, yo soy un Styracosaurus —dijo Joby a toda carrera.

—Mira, ya está por salir el sol.

—¡Adiós observador lejano!

—¡Mañana formaremos la Cruz del Sur!

Aguas peligrosas

Ya se escondía el sol de la tarde y un Oviraptor desesperado corría por el desierto buscando a su pequeño hijo que no aparecía.

—¡Pini! ¿Dónde estás? ¿Dónde te has metido?

De repente, detrás de unas rocas, escuchó ruido a agua, como si alguien estuviese chapoteando en un estanque. Hizo un rodeo y descubrió a su hijo metido hasta el cuello en un gran charco de agua revuelta.

—¡Mira, papá, descubrí un montón de piletas para bañarse!

—¡Esas no son piletas, son huellas de Diplodocus que se inundaron con la lluvia de anoche! Estás en medio del camino que ellos utilizan cuando salen a alimentarse, en cualquier momento puede venir la manada y sin siquiera darse cuenta, te aplastarían como a un mosquito.

—Tranqui, pa, no pasa nada, desde el mediodía que estoy acá bañándome retranquilo. ¡Ven, métete conmigo, está recalentita! ¡Vamos!

Y de repente, el agua se empezó a agitar y se formaron olitas en la superficie que saltaban de aquí para allá.

—No es nada, papá, debe ser otro terremoto.

—Nada de terremotos, son los Diplodocus que vienen andando por el camino. En un segundo estarán aquí. ¡Corramos!

Pero no hubo tiempo, los Diplodocus se les vinieron encima y sus grandes patas hundían el terreno alrededor de ellos y pasaban zumbando sobre sus cabezas.

—¡Vamos, hijo! ¡Trata de esquivarlos y huyamos!

Los dos corrían como locos, en zigzag, esquivando las enormes pisadas.

Al fin los Diplodocus se alejaron y papá Oviraptor y su hijo quedaron exhaustos, tirados boca arriba respirando con la lengua afuera.

—¡Qué cerca estuvo eso, hijo! Nos salvamos por milagro. Me imagino que habrás aprendido la lección.

—Sí, papá, el horario de pileta es desde el mediodía hasta la tardecita. Más temprano o más tarde, se convierten en camino de Diplodocus. No lo olvidemos. Y ahora, vamos, que te juego una carrera.

La dieta de Gallimimus

El Gallimimus salió a hacer su ronda por el bosque en busca de comida. A lo lejos vio un árbol caído y sabía que debajo del tronco podría encontrar algo. Metió la mano y sintió una cosa escurridiza y mojadita. La agarró con fuerza y la sacó para ver qué era. Se trataba de un gusano, gordo y verde, que lo miraba con los ojos muy abiertos.

—No temas, no te voy a comer todavía —le dijo, y siguió buscando.

De repente, vio pasar a un insecto enorme, con patas largas y antenas por todos lados. Se hizo el distraído, y cuando el otro menos lo esperaba, lo atrapó con su boca pero no se lo tragó. Lo examinó de cerca y le dijo:

—Pero ¿qué clase de bicho eres? Nunca vi algo tan feo.

El insecto lo miró con desagrado y le sacó la lengua.

—Tienes suerte, porque no te voy a comer todavía —le dijo y siguió buscando.

En lo profundo del bosque vio una planta con hojas que parecían muy apetitosas. Juntó algunas y continuó con la búsqueda. Cerca de la laguna vio algo que le llamó la atención.

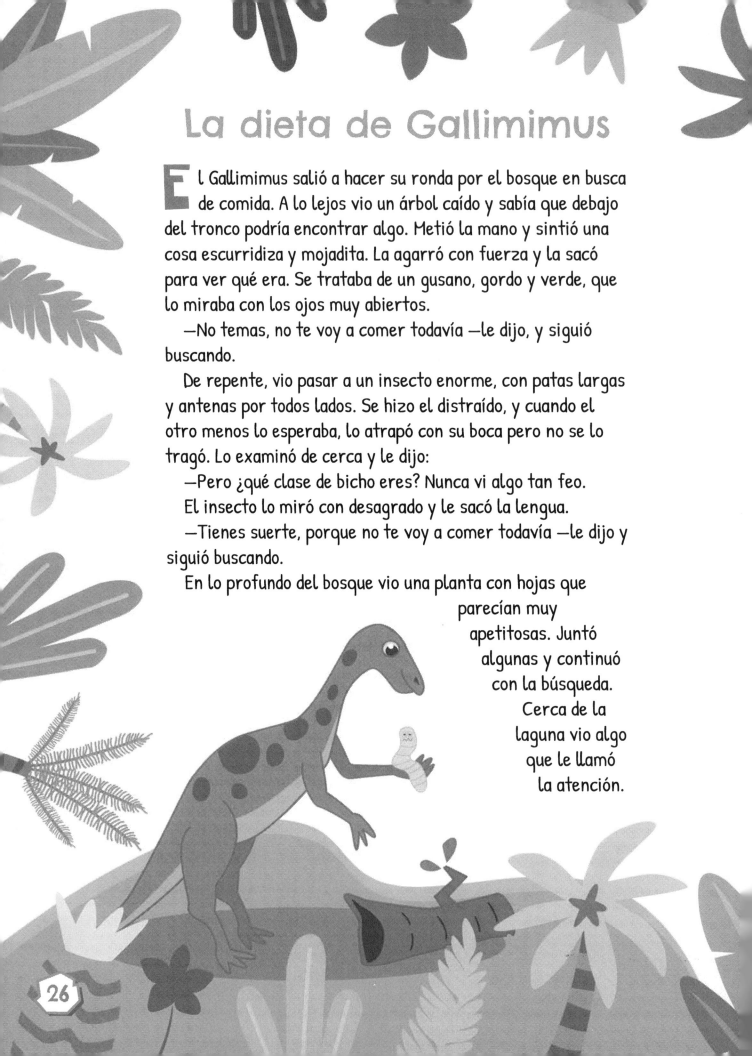

Se acercó con cuidado y descubrió un huevo. Pequeño, pero huevo al fin.

Cansado de andar, volvió a su madriguera y puso frente a él al gusano, al insecto, a las hojas y al huevo.

Los miró un instante y luego dijo:

—¿A quién me comeré primero?

El gusanito lo miraba con unos ojos tan tiernos, que le dio lástima. Y el insecto refregaba sus manitos una contra otra y movía las antenas con tanta gracia que con solo pensar en comérselo ya se sentía un malvado. Las hojas estaban quietitas, no tenían ojos, pero las hojas a él no le gustaban mucho, le resultaban aburridas. La mejor opción, sin duda, era el huevo. Sí, se comería el huevo. Pero, de repente, el huevo se movió en el lugar, después se quebró y una patita asomó por la rajadura. En cuestión de segundos, un diminuto cocodrilito se asomaba curioso.

"Ay, no", pensó el Gallimimus. "Es tan tierno que jamás podría comérmelo".

Ese día, el Gallimimus solo comió hojas verdes y se quedó con algo de hambre, pero igual se sintió feliz porque ganó tres nuevos amigos.

El Ankylosaurus protestón

Era un día de mucho calor al final del Cretácico. Un Ankylosaurus volvía caminando a su casa por el sendero que bordeaba la montaña. Era el camino que hacían todos los Ankylosaurus para poder ir a tomar agua a un estanque. Pero ese día era tanto el calor que el Ankylosaurus daba un paso y protestaba, daba otro paso y volvía a protestar: ¡Pero qué calor que hace! ¡No se puede respirar! ¡Y yo con esta armadura! ¿Por qué no tendré una piel lisita como la de los Diplodocus o con plumas como la de los Velociraptors? ¡No! ¡Me tenía que tocar este cuero llenos de costras y osteodermos!

—No te quejes -le dijo un Beipiaosaurus que por allí pasaba—. Mírame a mí, ando desnudito, con esta piel lisita y me la paso huyendo de los depredadores porque ante el menor mordisco estoy perdido, morderme a mí es tan fácil como morder una fruta.

—Pero al menos no te mueres de calor como yo. ¡No aguanto más esta armadura! Si pudiera me la sacaría ya mismo.

De repente se escuchó un ruido en lo alto de la montaña. Los dos dinosaurios

miraron hacia arriba y vieron que un montón de piedras rodaban hacia abajo, ya no había tiempo de escapar. Entonces el Anquilosaurio abrazó al Beipiaosaurus y se acurrucó para soportar la avalancha. Las piedras rebotaron sobre su armadura una y otra vez y cayeron al barranco. Unos segundos después, todo quedó en silencio. Una nube de polvo cubría la ladera de la montaña.

Cuando se disipó el polvillo algo se movió, era el Ankylosaurus que estaba completamente cubierto de polvo y pequeñas rocas. Se sacudió con energía, abrió los brazos y dejó salir al Beipiaosaurus que temblaba del susto.

—¿Te das cuenta lo que hiciste? –le dijo el Beipiaosaurus

—¿Qué? ¿Qué hice?

—¡Me salvaste vida! ¡Y todo gracias a tu armadura!

—Es verdad, mi armadura nos salvó.

—¿Piensas volver a quejarte?

—Después de todo, un poco de color no hace mal a nadie, ¿verdad?

—¡Ja, ja! –rio el Beipiaosaurus y le contagió el buen humor al Ankylosaurus.

Los visitantes

Un pequeño platillo volador aterriza en el desierto a mediados del período cretácico. Descienden dos alliens. Uno de ellos, con un aparatito, escanea todo alrededor.

—Parece un planeta con vida —le dice al otro.

—¿Cómo lo sabes? ¿Te lo dijo el scanner?

—No, es porque allá veo que viene alguien corriendo.

Un cachorro de Carcharodontosaurus, atraído por las luces de la nave extraterrestre, corre hacia ellos.

—Hola amiguito. ¿Cómo te llamas? —dice uno de los E.T.

El Carcharodontosaurus lo mira curioso pero no dice nada.

—Prueba con otro idioma —dice el otro extraterrestre.

—Puaj chi ling =) nox té!!!

—Tampoco responde.

—¡Jxx # Lmt @ Rct *- Lae.

—Nada.

—Démosle algún regalo para ver cómo reacciona.

Uno de los alliens saca un sofisticado aparato tecnológico del bolsillo y se lo ofrece. El Carcharodontosaurus lo mira, lo olfatea y se lo traga de un bocado.

—Este espécimen parece bastante básico —dice uno de ellos.

—Divirtámonos un rato con él —propone el otro.

Unos de los E.T. levanta una piedra del piso, se la muestra al dino y la lanza bien lejos. El dino corre, la recoje y la trae entre sus dientes. Cuando el allien se la quiere sacar de la boca, se la traga de un bocado.

—Ja, ja, cómo nos vamos a divertir en este planeta. Prueba con el rayo urticante.

El otro allien saca una pistola, apunta al Carcharodontosaurus y le dispara. El pobre dino empieza a correr y a chillar enloquecido y los alliens se matan de la risa.

Al rato:

—Ahí viene de nuevo —dice uno de los Extraterrestres—. Prepara el rayo explosivo, será divertido ver cómo explotan estas criaturas.

—Espera, parece que no viene solo.

—¡Ay, no! Era un espécimen bebé y viene con el padre que es... ¡enorme!

—¡Rápido, huyamos de aquí!

La nave empieza a levantar vuelo pero el gigantesco Carcharodontosaurus adulto la agarra con sus garras, la observa de cerca, la olfatea y se la traga de un bocado.

ÍNDICE

Made in the USA
Las Vegas, NV
07 November 2024

11303415R00021